历史之谜

少年科学推理小说

北京科学技术出版社
100 层 童 书 馆

少年科学推理小说

历史之谜

消失的亚特兰蒂斯

〔法〕萨米尔·瑟努斯　著
〔法〕朱利安·曼宁　绘
夏冰洁　译

北京科学技术出版社
100层童书馆

序　幕

1941 年 4 月 27 日，瓜达维达湖，
哥伦比亚，安第斯山脉

来瓜达维达湖探险的外国人很多，族长就见过好几百号人，有些人夜以继日地寻觅着传说中的黄金国——相传，这个黄金国的国王每年都会浑身涂满金粉，来湖中畅游，并将各种各样的金银财宝丢入湖中，作为献给湖神的礼物。但大部分探险者只是为了寻找金子，当然，他们是不可能找到的。他们不放过任何一粒稍微发黄的沙子，最后筋疲力尽，却什么也没有找到。这些贪婪的人眯着眼睛，目不转睛地盯着平静的湖面，等待着哪怕一丝丝最细微的波动，痴心妄想着水下有一座巨大的金矿。

时光就这样一年年地流逝，岁月带走了一批又一批的外国探险家。身体上的疾病和精神上的倦怠一点点蚕食着他们的身体，消磨着他们的灵魂，最终他们无声死去，被世人遗忘。

然而，今天却和以往不同。族长和他的族人们看到一个东西随着波浪，出现在湖面上。一个闪闪发光的东西正缓缓向一个小女孩靠近。女孩坐在河边望着它，眼神飘忽不定，但又很温柔，好像她能把这个怪东西驯服似的。怪东西越来越近，然而女孩却很平静，一动不动。她光着脚，裤子卷到膝盖，在沙滩上画画。怪东西在离女孩几米远的地方停了下来，突然间，它巨大的脑袋掉到了后面，好像被一把无形的砍刀给砍了下来，接着，它的脖子上突然又冒出了一只脑袋，竟是人的脑袋……

族长从来没有见过潜水服，但他也是见过不少世面的人。他知道要对付的是谁，又是一个追逐黄金的人！这个人或许不一般，但依然是来淘金的。

这个陌生男子在女孩的帮助下，脱掉了笨重的潜水服。潜水服、潜水帽，连同如水母触手一般纠缠在一起的管子，都乱七八糟地堆在沙子上。乍一看还以为是一条奇怪的龙蜕下来的皮。

族长在其他人的陪同下向陌生男子走去，由于脱了潜水服，他看上去就像没有壳的蜗牛一样脆弱。

族长步伐缓慢，面带威严，露出鄙夷的目光，或许他觉得这是作为一个首领在此时应有的态度。他转身对自己的族人冷笑着说道：

"你们瞧啊！又来了一个想找黄金的人，看来他也不想活着回去了！"

"我不是来寻找金银财宝的。"男子答道。

族长简直不敢相信自己的耳朵，这个人竟然会说当地的语言，而且还说得不错！

"那你为什么来这里？"

"我是来寻找亚特兰蒂斯的，一座被吞没的岛。岛上有一个物产丰富的王国，它的居民……"

"物产丰富？"族长打断了他的话。

"是的，一个物产丰富的王国。"

"这么说，你还是来寻找财宝的！"

"不，我感兴趣的是它的历史……"

"我们绝对不会帮助一个追逐黄金的人。"族长再一次打断了他的话。

男人一下子不知道该说什么，显得有些担心……这时，女孩说话了。她也说当地语言，但族长这次没那么惊讶了：

"我想，族长您是明白的，我们需要您中肯的建议和宝贵的帮助……"

这句话有拍马屁的嫌疑，但还是有点儿作用的。像大多数族长一样，这位族长也喜欢别人称赞他的伟大。对族长又进行了一番赞美之后，女孩继续说：

"我的父亲的确不是来寻找黄金的，他想来这里祭拜亚特兰蒂斯的英勇战士们，他们可能是你们的祖先。我们要寻找的就是他们……"

"孩子，你继续说，"族长对女孩说，"给我讲讲他们的故事吧，如果你能让我喜欢上这个故事，那么我就放你和你父亲一条生路。"

族长看起来不像在开玩笑，他刚才被这位穿潜水服的人吓了一跳，恨不得让他粉身碎骨。族长对那些喜欢干预当地事务的外来客毫不客气，在他手下，他们死得可一点儿都不好看。但女孩浑然不知，或许她知道，但她并不害怕。总之，她开始讲述她的故事……

第一章

被吞没的文明

"在很久很久以前，"女孩开始讲道，"在一座岛上，曾经有一个强大的王国。这座岛位于大海的中心，人们称它为亚特兰蒂斯，岛上的居民被称为亚特兰蒂斯人。关于亚特兰蒂斯的故事，最初只有一个人听过，也只有一个人讲述过。但千千万万的人都相信了这个故事，并把它一代代传了下去。第一个讲述亚特兰蒂斯的人是柏拉图——一位生活在两千多年前的大哲学家。他声称他所讲的是一个古老的故事，尽管情节有些离奇，但却是真实的。故事是柏拉图在古埃及的赛易斯城邦游历时，从战争之神奈斯的祭司们那儿听来的。那些祭司守护着一根柱子，上面记载着这个被吞没的文明的悲惨命运。"

　　"在海格力斯之柱（直布罗陀海峡）的西边，有一座蕴藏着巨大力量的岛——亚特兰蒂斯。岛上有十个国家和十个国王，十个国王分别是巨人阿特拉斯和他的九个弟弟。亚特兰蒂斯的居民在海神波塞冬的保护之下，过着富裕的生活。十个国王的宫殿个个金碧辉煌，波塞冬的神殿更是气势宏伟，以黄金、白银和象牙作为装饰，道路两边耸立着亚特兰蒂斯历代所有统治者的雕像。岛上土壤肥沃，果园里结满了各种各样甜美多汁的水果，人们随处可见各种珍奇的野生动物和成群结队的大象，岛上遍地都是黄金。岛上还有一种神秘的贵重金属，人们称之为'欧立哈坎'。

"然而，亚特兰蒂斯的居民懒惰、傲慢且贪婪，海神波塞冬的神殿遭到外来海盗的凌辱，他们却不管不顾。波塞冬当然受不了这种凌辱……

"有一天，贪得无厌的十位国王决定对外宣战，征服异国领土。在征服了意大利之后，他们又攻占了埃及。随后，战无不胜的军队又逼近雅典海岸。他们的军队规模比对方的大得多：有一千二百艘战船和几十万名战士。然而，雅典人进行了艰苦卓绝的反击，终于击败了一心想征服世界的入侵者。入侵者的暴行也触犯了神祇，突然间，大地开始动摇……愤怒的神灵们爆发出凶猛的力量，在一夜之间卷走了入侵者的所有军队。剧烈的地震将亚特兰蒂斯城邦夷为平地，掩埋了它的居民，极少数的幸存者也被巨大的海浪卷走，整座岛沉入大海深处。无情的海水从此淹没了昔日辉煌的亚特兰蒂斯……"

女孩讲完这个故事以后，岸边所有人都陷入了沉思。族长用猛禽般锋利的目光望着女孩和她的父亲，嘴角流露出一丝满意的微笑，就像一只刚刚吃饱的加菲猫。

"小姑娘，我很喜欢你讲的故事，"族长说，"你的故事像梦境一样奇特。我知道，在这个世界上，生者和死者是被截然分开的，但我也知道死去的人需要被活着的人纪念，因此我们每年都会把阴间的灵魂带出来走走，和他们说说话。如果你们想悼念亚特兰蒂斯的亡灵，我愿意帮助你们找到他们。"

族长做了个手势，于是，所有的随从都跟着他向森林深处走去。女孩和父亲对视了一眼，犹豫了一下，还是决定跟着队伍前进。森林里的路一点儿也不好走。走在前面的人披荆斩棘，好不容易才辟出一条道路来，森林就像伤口结痂一样，马上就重新合上了。女孩和父亲吃力地跟着他们，周围有很多蚊子，还有如拳头般巨大的昆虫，不时有巨蛇从他们脚下爬过，缠绕上树，虎视眈眈。半天下来，父女俩已经筋疲力尽。这时，族长突然让大家停下来。

"就是这儿。"族长说道，没有多余的解释。

他们停在一块空地上，后方有一处山丘，透过覆盖着山丘的植物，隐约能看到一个洞穴的入口。族长一言不发带着族人准备离开，女孩的父亲跟在他后面边跑边问：

"请等一等！您这是把我们带到哪里了？您打算什么也不说就走吗？这里边有什么？我们到底在哪里？"

"如果你们要寻找的死者确实在我们岛上的话，你会在这里找到他们的。"说完，族长就离开了。

"请您等一等！"父亲继续喊道，犹豫了一下，想要跟上去，却被女孩叫住了。

"爸爸，让他们走吧，这里的森林茂密，路太难走，十米的路程相当于外面上百米的，我们追不上他们的……"

"孩子，你说得对，"父亲又返回来。"只是他们太没有礼貌了，我不懂这个族长为什么非要做出一副神秘兮兮的样子，你看，他从来不笑，临走也不说声再见……"

"爸爸，你过来，"女孩打断了父亲的话，"我们去看看洞穴里到底藏了些什么吧。"

父亲和女儿借着火把的微光走进了洞穴，越往里走越黑暗，好像在一条巨大的蟒蛇的肚子里穿行。走了几分钟以后，在一个分岔口，他们看到了一个雕花石头大门，像一条牙齿锋利的龙的嘴巴。他们想，门后应该是一个巨大的房间吧。

看到女儿的眼里闪过一丝恐惧，父亲安慰女儿说："我亲爱的孩子，要勇敢，没有什么好害怕的。"

"爸爸，这里的一切都令人害怕！"女儿只是嘴上这么说，脚却率先踏进了形状像嘴巴的石门里，仿佛被吃掉了一样消失在石门后。

父亲紧随其后。刚走了几米远，火把突然熄灭了。

"等等，"父亲说，"火灭了，我需要加点儿油……"

周围黑得伸手不见五指，女孩突然间觉得黑暗是一种有生命的物质，一种阴暗的、蠢蠢欲动的生命体，由于没有了光亮的阻挠，这个生命体仿佛自由起来，落到她的胳膊上、腿上和脖子上，缠着她……女孩很害怕，赶紧走到一边，希望能摆脱这种被缠绕的感觉。突然间，她感到有一只手落在她的肩膀上，钩子一样的手指抚摸着她的头发。

"爸爸！这……这里有人！"

父亲吓了一跳，手里的火把一下子掉了。他蹲下来一边寻找火把，一边试图安慰女儿："孩子，来我这里，顺着我的声音过来！"

"爸爸！不行啊，这个人拽着我的头发！他的手好凉……我害怕！"

"放开她！"

"爸爸！"

父亲终于点燃了火把，周围又有了光亮。但是，女儿去哪里了？周围几米内都没有女儿的身影。父亲小心翼翼地往前走了几步……突然，在微弱的光线映照下，他看到了女儿的脸。她闭着双眼，紧咬嘴唇，额头上渗着汗珠。父亲慢慢地将火把移向女儿的头发，一只灰色的、消瘦的手抓着她的头发。一张冷笑的脸凑在女儿脸旁边，好像在她耳边讲述一个秘密。在他们的四周，凡是火把照亮的地方都会出现一张张死者的脸，面容狰狞，无声地笑着。

"木乃伊……这些是木乃伊，我的孩子！"父亲惊讶地叫道，"哈！哈！哈！差点儿吓了我一跳！真好笑……"

"不，爸爸！这一点儿都不好笑！"女儿用颤抖的声音气呼呼地说，同时试图摆脱那只缠住她的干巴巴的手。

"我亲爱的孩子，我应该早就想到这一点的。这里的居民会用防腐香料保存死者的尸体，然后把尸体放进这个巨大的陵墓里。每年，人们都会把他们带出来，带到村子里，和他们说话，和他们一起庆祝节日。"

女孩终于摆脱了纠缠，在一块岩石上坐了下来，不解地问："好吧，可是我们究竟要寻找什么呢？"

"我们在寻找亚特兰蒂斯人啊，孩子。亚特兰蒂斯上的居民！"

"那我们怎么辨认亚特兰蒂斯人呢？他们长什么样？"

"根据首位描述亚特兰蒂斯的哲学家柏拉图的描述，亚特兰蒂斯人长得很像希腊人。"

"可是这些人看上去更像秘鲁人。"女孩看着这些木乃伊说。

"是的，你说得对。我们还是找找有希腊文字、北欧古文字、克里特文字或古老的魔法符号的地方吧。亚特兰蒂斯人喜欢研究黑魔法以及神秘学！"

父亲和女儿各自拿着火把，开始仔细检查洞穴各处。在潮湿的岩壁、钟乳石和石笋上，他们努力寻找能够证明当年亚特兰蒂斯的幸存者们曾来此避难的证据。过了一会儿，父亲听到女儿在洞穴的另一头喊他。

"爸爸，我发现了一样东西！"

父亲走向女儿，发现她正仔细盯着一处岩壁看。

"就是这儿，你觉得这是亚特兰蒂斯的符号吗？"女儿目不转睛地盯着岩壁。

"不，这不是，亲爱的孩子。这是一个万字符。"

"万字符？"

"是的，一点儿没错，万字符是纳粹党的标志，他们可不太友好。但我也不知道这个符号为什么会出现在这里，它难道和亚特兰蒂斯有关系？"

"或许亚特兰蒂斯人是世界上最优越的种族——德意志人的祖先！"岩壁后面传来一声响亮的回答。

"简直是无稽之谈！"父亲大声反驳道，"多么可耻的幻想！"

"爸爸！"女儿拉着父亲的袖子大喊了一声。

只见一个高大的女人从阴暗处走了出来，身后跟着两名穿制服的男人。他们手里拿着枪，走向父女俩。父亲立刻熄灭了火把，无尽的黑暗笼罩着所有人。

父亲迅速对女儿低声说了一句：“孩子，抓住我的手，我们快跑……”

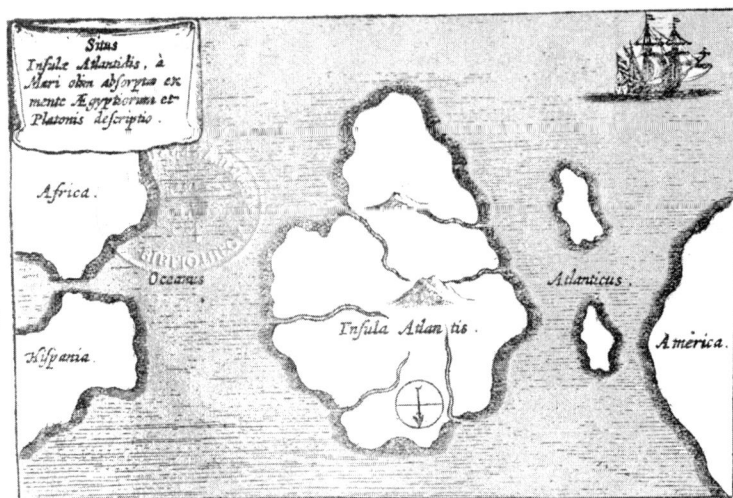

Situs
Infulæ Atlantidis, à
Mari olim abforpta ex
mente Ægyptiorum et
Platonis defcriptio.

Africa.

Oceanus

Hilpania.

Infula Atlantis.

Atlanticus.

America.

亚特兰蒂斯

　　早在古时候，许多学者就已经开始寻找亚特兰蒂斯的位置，并依据古希腊哲学家柏拉图在书中对它的描绘，绘制通往亚特兰蒂斯的路线图。柏拉图是世界上第一个描述亚特兰蒂斯的人。上面的这幅图是由耶稣会成员阿塔纳斯·珂雪在十七世纪时绘制的，他认为亚特兰蒂斯位于大西洋，在欧洲和美洲大陆之间。然而，珂雪这样绘制并没有科学根据，这一切都只是他的想象！

第二章

几周之后，在纽约

"你爸爸讲得真有趣。"男孩对她说。

在讲座开始的时候，这个男孩就坐在她身边，她竟没有发觉。女孩呆呆地望着巨大的落地窗，窗外是纽约鳞次栉比的摩天大楼，密集高耸得让人看不到天空。

女孩感到周围的人都处于失重状态，像漂浮在一个巨大的正方体盒子里，这种眩晕的感觉可能是长途旅行的疲惫造成的。从哥伦比亚到加利福尼亚，穿越墨西哥的沙漠和森林，最后到达纽约。

"我很喜欢你爸爸的讲话方式。"男孩开始模仿起来，"女士们，先生们，大家好！今天，我与大家来共同探讨一下……哈哈！果然是大学教授的风范！"男孩兴奋得手舞足蹈。

女孩用深邃的眼神看了一眼面前的这个男孩，冷冷地说道："我父亲确实是大学教授，同时他也是世界上最优秀的潜水员之一。"

在两个孩子说话期间，教授在讲台上继续讲："正是由于这一点，我们几乎不再相信亚特兰蒂斯人曾经到过南美洲避难。我们在南美洲所进行的考察没有什么成果，现在，我们正在寻求其他的线索……"

"你叫什么名字？"男孩在她耳边悄悄地问，"我叫赫克托耳，和一位古希腊英雄的名字一样，《伊利亚特》《奥德赛》……你知道希腊神话吗？我爸爸很喜欢……"

女孩并没有回答他，只是转头望着男孩，眨了眨眼睛，带着嘲讽的语气问："小不点儿，你爸爸放心让你一个人出来吗？"

"我和爸爸一起来的呀！"男孩指了指讲台。

就在这时，大学教授演讲完毕，回到座位上，主持人接着说道："现在我们请大师埃德加·凯西为我们介绍他的神奇通灵术，他可以和生活在几千年前的亚特兰蒂斯人进行灵魂交流。"

说着，一个矮个子男人走上讲台。他的脸圆圆的，头发偏分，梳得很整齐，身着一身灰色西装，看上去好像一个穿着大人衣服的小孩。赫克托耳和他长得非常像，简直就是一个模子里刻出来的。

"亲爱的朋友们，你们好！"他的声音低沉而又坚定，泰然自若的神情使人猜测他经常在公众面前演讲，"我来给你们做一个展示：通过精神上的通灵术，我可以走进人们过去的生活之中。"

他目光温柔地注视着前排稀疏的观众，问道："有谁自愿上来？"

台下一片沉默，只听得到机器的吱吱声、麦克风的回声和电风扇转动的声音。不时有一两声若无其事的咳嗽和椅子的吱呀声夹在其中。

"没有人吗？"通灵师又一次问道。

"我想试试。"一个戴眼镜的瘦高女人举起手，腼腆地回答。

"很好，这位女士，请您上来坐在我旁边。"

于是，她走上讲台，在通灵师身旁的一张扶手椅上坐了下来。通灵师默默地拿起了女士的手，闭上了眼睛。

"我看到了……"他轻轻地说，"我看到了……"

接着，他便默不作声，看上去很平静。

突然间，他的额头上冒出一粒汗珠，嘴角上扬了一下，问道："是玛格丽特吗？是的，玛格丽特，您好，我现在和您的女儿在一起……"

女士不由得惊讶地叫了出来："妈妈，我……不，这不可能。"

"玛格丽特，是的，您的女儿就在我身边。是的，您女儿生病了，患上了气肿，她的日子不多了。是的，您当时得的也是这种病……但是，我们会把她治好的，玛格丽特，您别担心。"

突然，埃德加·凯西睁开双眼，他看上去很惊讶，仿佛不明白自己为什么在讲台上。

"大师，"女士声音哽咽地对他说，眼里充满了恐惧，"我的母亲，她患过气肿……您怎么知道的？"

"夫人，"通灵师说，"您现在问我问题是没有用的，因为通灵结束以后，我就会忘记我和死去的灵魂说了些什么。

但是，如果您愿意的话，我们可以在我的办公室里继续交流。我在这里所做的只是一个展示，请问您还想继续了解下去吗？"

"我……我当然想。"女士结结巴巴地回答，她依旧处于惊愕之中。

"您所做的展示非常好，但是这和亚特兰蒂斯有关系吗？"台下一位观众反驳道。

"我马上就来证明。"通灵师一边回答一边闭上眼睛，依旧握着那位女士的手。他又一次进入了灵魂的世界，双目紧闭，面无表情，就像一尊雕塑。三分钟之后，他睁开了眼睛，一副大惊失色的样子。突然，他愤怒地从椅子上站起来，用一种谁也听不懂的语言咒骂了一番，接着又说："被淹没的亚特兰蒂斯人民将又一次陷入最深的海底，亚特兰蒂斯的秘密将永远无人知晓。"

大家又一次沉默了，没有人讲话，大厅里安静得能听到苍蝇飞的声音。

通灵师逐渐恢复了平静，拿出手帕擦了擦额头上的汗，用眼神扫视了一下观众，最后说道："我刚才和这位女士的一位祖先进行了交流，他是亚特兰蒂斯的一名大祭司。他对我讲了亚特兰蒂斯王国之所以强大的秘密：岛上有一种能吸收太阳光并将其转化成能量的水晶石。亚特兰蒂斯人掌握了这种技术，用它来远程遥控船只、发动汽车；他们甚至有看穿墙壁的透视眼，还能够漂浮在半空中；更厉害的是，他们还会使用收音机和电视！你们能想象吗？那是在至少两千五百年前的世界！"

"真神奇啊！"教授大声说道，"照您这么说，他们也许还能让飞机起飞呢！噗……"

通灵师镇定自若，不理会坐在他身旁的教授的讽刺，继续讲道："但是，亚特兰蒂斯人也使用水晶石来折磨他们的同类，他们甚至残忍地把自己的同类当作祭祀品献给神灵！于是，在神灵的指示下，水晶石的威力转而向亚特兰蒂斯人爆发，导致了这座岛的毁灭。然而，亚特兰蒂斯并不会永远沉没，很快，它就会重新浮上海面。刚才，大祭司就是这么和我说的，不过他说，尽管如此，人们也永远无法揭开它神秘的面纱。"

"简直一派胡言！"教授满脸鄙夷地说。

"我只是在传达大祭司的话。"通灵师平静地答道。

所有人都沉默了。突然间，一连串愤怒的声音响彻整个大厅：

"骗子！"一个声音怒吼道。

"你说谎！骗子！"

"我知道亚特兰蒂斯在哪里！"一个戴眼镜的矮个子男人喊道。他穿着一件破旧的灰色西装，激动地挥舞着拳头。"亚特兰蒂斯在埃及！金字塔并不是由埃及法老建造的，而是由亚特兰蒂斯的建筑师埃普苏在一万三千年以前建造的！建造者们在狮身人面像底下的一个房间里留下了一些证据，埃及人是被称为'恶魔之子'的亚特兰蒂斯人的后代……"

"你说得不对！"另一个人喊道。这是一个留胡子的男人，他穿着一件大长袍，上面挂着一条巨大的十字架项链。"你这个异教徒，你妖言惑众！亚特兰蒂斯人是所有人类的祖先。亚当和夏娃都是亚特兰蒂斯人，亚当是海神大祭司的儿子。亚特兰蒂斯的沉没是上帝对人类的惩罚，只有诺亚——最后一个亚特兰蒂斯人，幸存了下来，他是我们人类的始祖……"

"胡说八道！"

"你妖言惑众！"

"一派胡言！"

大厅里的咒骂声此起彼伏。

这时，一个留着胡子、近乎秃顶的男人高声喊道："亚特兰蒂斯是被陨石摧毁的。在七千五百年前，一颗陨石撞击地球，落入哈得孙湾，导致了亚特兰蒂斯的毁灭，同时也导致了长毛象这一物种的灭绝！"

另外一个人挥舞着手臂，一开始站在座位上，后来又站到了桌子上。由于人们都不理睬他，他手舞足蹈，更加起劲儿了："亚特兰蒂斯人是布列塔尼人的祖先，他们建造了那些巨大的石柱，并且可以毫不费力地使它们移动，因为亚特兰蒂斯人能够通过'意念'对柱子发出命令！"

一场激烈的辩论在大厅响起来。辩论的一方是西装革履、戴着圆顶礼帽和金丝眼镜的大学教授们；另一方是相信鬼神之说的古怪异教徒，他们佩戴着"魔法石"项链，披着黑色丝绸斗篷，穿着牦牛毛鞋子，挥舞着手中的指南针、六分仪（测量远处两个目标间夹角的仪器）、罗盘、地图和挂件等。所有的争论声、咒骂声夹杂在一起，唾沫星子满天飞。不一会儿，双方开始朝对方扔东西，纸团、别针、瓶子、钢笔、椅子满大厅飞来飞去。男孩不得不低下头，以防被砸到，不过，他觉得这一切太好玩了！说实话，女孩也觉得这个场景很有趣，她的态度慢慢地没那么严肃了，听着那些骂骂咧咧的声音，也笑了起来。

"他们对亚特兰蒂斯走火入魔了！"赫克托耳对女孩说。

"他们真疯狂，但是他们都没有错。"女孩回答道。"亚特兰蒂斯可能在这个世界上的任何一个地方。我爸爸有个朋友叫史匹利顿·马利那托斯，他甚至认为亚特兰蒂斯在克里特岛附近的海底深处……"

赫克托耳打断了女孩的话，拉住她的手说："这些故事我听得太多了，来，我们出去吧，我爸爸和你爸爸一会儿会出来找我们的。他们现在忙着吵架，都顾不上我们了。"

女孩迟疑了一下，她该不该跟着这个年纪比她还小的男孩出去呢？他特别热情，但女孩一直对他冷冰冰的。最后，女孩还是跟着他出去了，他们大步流星地跑下楼梯，气喘吁吁地跑到了楼下。终于自由了！女孩想，在这座高楼林立的迷宫般的城市，要想玩失踪的话，真是太容易了。忘记爸爸，忘记亚特兰蒂斯，哪怕只消失几个小时是什么样的感觉……

正当女孩在思考这个问题时，突然间，有两只手紧紧地抓住了她。有人堵住了她的嘴不让她叫出声，把她拖进一辆小轿车里。女孩拼命挣扎着，从车里向外望去，她看到稍远处有个胖男人和一个高个子女人也正试图绑架赫克托耳，但他们并没有得逞……胖男人双手捂着裤裆，露出痛苦的神情，很显然，赫克托耳这一脚踢得不轻。女孩想，赫克托耳可以逃走了，可是，他难道不管她了吗？想到这儿，女孩心中充满了恐惧。然而，突然间，高个子女人巧妙地一把抓住男孩，像拎包一样轻松地把他拎起来，也扔到小轿车里。女孩这下终于放心了，感到没那么害怕了，但她又为自己这种自私的想法感到羞愧。

"开车吧，索尔！"高个儿女人对司机命令道。

接着，她转身对胖男人说："赫尔穆特，你真是个白痴！竟然打不过一个小孩，真是个废物！等回到德国，看我怎么收拾你！"

"实在抱歉，上将……"胖男人试图解释，他依然疼得龇牙咧嘴。

"闭嘴，没用的蠢货！"

就在这时，女孩突然认出了她：她就是曾经出现在洞穴里的那个女人！洞穴的墙壁上的万字标志！纳粹！

"我们之前曾经见过。"女孩对高个子女人说。

"你也闭嘴！"

她的声音里带着明显的威胁，这下，谁也不敢吱声了……

第三章

在游乐场

汽车在摩天大楼之间急速行驶，经过一座巨大的钢筋石头桥和一片低矮的房屋，慢慢地，景色逐渐荒凉起来，周围是一片泥泞的土地，堆积着垃圾和一些废弃的汽车。

　　半个小时之后，他们停了下来。高个子女人突然露出了灿烂的笑容，转身朝坐在后排的男孩和女孩说："孩子们，我们到了，你们可以去海边玩耍了，哈哈！"

　　确实，他们来到了海边，但女孩和男孩都意识到这并不是美丽的度假海滩。的确，这里有大海，也有海鸥和沙滩……但这是一片凄凉的海，这里的海鸥长得像会飞的老鼠一样，沙子也灰不溜秋的。一切看上去都阴森、危险而凄凉。

　　"不过，首先我们应该到游乐场玩一玩，对吧？"高个子女人说着，露出令人毛骨悚然的微笑。她的笑容和声音就像这里的海鸥一样令人发怵，带着嘲讽和恶毒。她边说边指着海滩后面的一个地方。那里看上去的确像个游乐园，只是应该很久都没有人进去玩过了。灰蒙蒙的天空下有一个巨大的摩天轮，已经不转了，售票窗口也没有人，旋转木马似乎也锈住了。高个子女人在两名男子的陪同下，带着女孩和赫克托耳向废弃的游乐园走去。

"你们想玩钓鸭子游戏吗？"高个子女人冷笑着，递给他们每人一根快要腐烂的竹竿。池塘里，各种颜色的塑料鸭子似乎一直在耐心等待着。

"孩子们，我本来应该给你们买包棉花糖吃的，可惜这里已经没有卖的了。"她站在一家空荡荡的糖果店旁说。

"我想玩打枪游戏。"赫克托耳边说边把一支枪对准高个子女人。

此刻，所有人都惊讶得说不出话来，愣在原地，谁也没动。突然，赫尔穆特冲向男孩，试图夺走他手里的枪。但是男孩灵巧地躲开了，赫尔穆特扑了个空，先是摔到了射击台上，然后又跌倒在一大堆毛绒熊和粉色兔子玩具上。

"我的老天！赫尔穆特，你真是丢我的脸……"高个子女人叹了口气。

"但是他拿枪威胁您，我怎么能不管！"赫尔穆特躺在毛绒玩具堆里喊道。

"可是他拿的是玩具木枪，赫尔穆特，是玩具！你愚蠢成这个样子，连武器和玩具都分不清楚，居然还好意思当我的助手？"

接着，高个子女人对另外一名默不作声的助手命令道："索尔，你向赫尔穆特和我们的小朋友们展示一下什么是真正的武器！"

"遵命，上将。"他严肃又温和地回答道。

说着，这位大个子男人从防水皮衣里掏出一支左轮手枪，顶在赫克托耳的下巴上，耐心等待着女主人的指令。

女孩知道，他只要一听到指令，就会毫不犹豫地执行。因此，女孩连忙说："没有必要玩打枪的游戏，我们一切听从你们的安排。"

女孩一面说，一面走到男孩和大个子助手中间。这时，助手的脸上第一次露出犹豫不决的神情。最后，高个子女人结束了他们之间的对抗：

"好了，孩子们，游戏时间结束了。你把他们带到镜子屋吧，让他们尽情玩耍，直到他们的爸爸来接他们……"

事实上，正如赫克托耳所想的那样，他的爸爸埃德加·凯西和女孩的教授爸爸并没有看到孩子们出去，他们正忙着唇枪舌剑，注意力全部集中在对亚特兰蒂斯的狂热讨论上。更有甚者，当一个戴着墨镜、帽子遮住脸的胖男人打断他们的讨论，递给他们一张纸条的时候，两位父亲依然没有注意到孩子们不见了。教授心不在焉地接过纸条，连看都没看便迅速塞进衣服口袋里。

戴墨镜的男子在悄悄溜走之际，向教授投去担忧的目光。

然而，教授并没有注意到他，依旧沉迷于辩论中，他大喊："所谓的通灵师先生，您难道真的以为我会相信您那套江湖骗子的鬼话吗？您……"

"您不觉得应该先看看这张纸条上写着什么吗？"凯西打断了他，"看上去好像有重要的事……"

"纸条？哪里的纸条？"教授问道，眼里充满了疑问，

"啊对！在我口袋里！过一会儿我们再继续讨论，您可别妄想轻易把我说服！"

教授终于拿出那张纸条，读了起来。

"来吧……看看上面写了什么。'你们的孩子在我们这里。如果你们还想让他们活着，请在一个小时之内赶到康尼岛的摩天轮下面。如果你们报警，后果自负，会有你们好看的。'"

教授皱了皱眉头。

"这是什么乱七八糟的？我女儿呢？真好笑，我得把这个玩笑告诉她，她一定会大笑的……宝贝，你在哪儿？"

埃德加·凯西已经明白了这是怎么一回事。

"您女儿不在这里了，教授先生。我的儿子也不见了，我担心这件事很严重。"

教授反应了半天。突然间，他明白了。他瘫倒在椅子上，把头埋到两只手里。

"都怪我！我只顾着研究亚特兰蒂斯，居然没发现有人在我眼皮底下把我女儿抢走了！我最爱的女儿，我的掌上明珠……我真该死！"

"教授先生，我们没有时间在这里唉声叹气了。您配合我一下，让我先用通灵术来看一下情况……"

"您在耍我吗？我女儿情况危急，您还想让我相信您的江湖骗术？我再跟您说一次，我半点儿也不相信您所谓的通灵术，也不会相信您讲的水晶石的故事。亚特兰蒂斯不是……"

"您又来了，教授。"凯西打断了他的话，接着又说，"我们不要浪费时间了，再说，您还有别的办法吗？"凯西不顾教授的反对，突然，抓住他的手，闭上了眼睛。

教授没办法，叹了口气说："随您的便吧……"

凯西又一次进入了灵魂的世界。不一会儿，他突然战栗起来：他看到了一个幻影！

这时，他全身发抖，发出了一声恐惧的惊叫！最后，他终于回过神来，喊道："我们不能去那里，那是个陷阱！"

教授愤怒地看着通灵师，对他翻了个白眼，讽刺道："您是通过白日梦看到的吧？您可真有能耐！"

可是，埃德加·凯西着实震惊了："我看到一头极其可怕的公牛，一头残暴的公牛！"

"说得好。"教授继续讽刺道,"那我们就拿着长矛和红斗篷,以防万一……不过,从这张纸上的万字符来看,恐怕只带这两样东西还不够。"教授指着那张纸条上方的纳粹符号,严肃地对通灵师说,"即使那是个陷阱,我们也应该去,我们别无选择。"

凯西渐渐恢复了镇定,站起来说:"好的,我们去吧。不过,我要先给一个老朋友打个电话。"

忒修斯和米诺陶洛斯

很久很久以前，米诺斯王国统治着克里特岛。雅典人民每年都必须向米诺斯国王进贡七对童男童女，他们被关在一个出不去的迷宫里，等着被米诺陶洛斯——一个牛头人身的怪物吃掉。忒修斯，一个雅典的王子，来到米诺斯国王面前，发誓要杀死米诺陶洛斯，却遭到了国王的嘲笑：他势单力薄，怎能制服这样一个庞然大物呢？然而，米诺斯国王的女儿阿里阿德涅爱上了忒修斯，她交给忒修斯一把剑和一个线团，教他把线团的一端拴在迷宫的入口，然后一直往前走。就这样，忒修斯用阿里阿德涅给他的剑，杀死了米诺陶洛斯，又顺着线团成功走出了迷宫！

第四章

亚特兰蒂斯的故事

两个孩子被关在一座镶嵌着哈哈镜的迷宫里。他们背对背坐在脏兮兮的地上，各自望着哈哈镜里的自己。镜子里的赫克托耳变得很胖，女孩变得很细长。

　　"我这样看上去很像赫尔穆特。"男孩说。

　　"我像那个女魔头。"女孩回应道。

　　"你不害怕吗？"

　　"干吗这么问？因为我是女孩吗？你知道，我的年龄可比你大呢……

　　"不过，你要是害怕的话，别担心，有我在……"女孩略带讽刺地补充道。然后，两人陷入沉默。

　　其实，女孩也挺害怕的，迷宫那么大，还有这么多奇形怪状的镜子。

赫克托耳首先打破了沉默："你认为他们想把我们怎么样？"

"我不知道，"女孩说，她依旧看着哈哈镜，感觉自己就像一只陀螺，"但我确信，这一切都和亚特兰蒂斯有关。赫尔穆特、女魔头和索尔都是纳粹党的成员。我爸爸和我讲过，纳粹党统治着德国，侵略整个欧洲，他们会毁掉阻挡他们的一切。纳粹党还成立了一个特殊的秘密组织：阿南纳比。"

"阿南……什么东西？"赫克托耳疑惑地问。

"阿南纳比……这个名字很奇怪，对吧？这个组织的成员的制服和帽子上都带着一个骷髅图案，他们都属于党卫军，是纳粹的冲锋队，真正的坏人！"

"我不害怕赫尔穆特。"男孩站在哈哈镜面前，故意鼓起肌肉，看起来像个超人。

"他还是很可怕的，因为他和阿南纳比的同伙们的任务是证明他们的民族是上帝的选民，是应该统治全世界的优越种族，他们要证明亚特兰蒂斯人是他们的祖先。这个秘密组织的总部隐藏在德国一座山上的城堡里。在那里，他们研究人类的头颅，收集那些他们认为具有魔力的古代物品。他们甚至还进行人体试验！阿南纳比想尽一切办法来证明雅利安人——也就是德国人，是能够统治全世界的最优越的种族……"

赫克托耳打了个哆嗦，害怕地说："听你这么讲，我的汗毛都要竖起来了！"

女孩把视线从哈哈镜上移开，若有所思地说："追寻亚特兰蒂斯……一直是我爸爸的梦想，也是我的梦想。妈妈去世后，我不想住在爷爷奶奶那里，那种生活太无趣了，我就想和爸爸一起生活。于是，我跟着爸爸一起环游世界，我们已经绕地球好几圈了！但我有时候在想，亚特兰蒂斯或许只是一个梦，只是一个孩子的梦，或者说是一个噩梦！"

赫克托耳站在女孩身后，女孩坐在地上。他们在哈哈镜里的影子像一只双头兽。

"但我相信，亚特兰蒂斯真的存在！"

赫克托耳这么说一是为了安慰她，他不想看到女孩伤心，二是因为他真的相信。

"你看哈哈镜里，我们成了外星人！外星人也是存在的！"男孩继续兴奋地喊着。

女孩皱起了眉头："什么人？"

"外星人呀！就是其他星球上的怪物嘛！"赫克托耳有点儿不耐烦了。

"噗……怪物？就像哈哈镜里这样的怪物？原来你也跟其他小孩一样爱做梦。"

这时，男孩跳到哈哈镜面前，他的头变得和身子一样胖。

"你先别急着笑话我，听我把故事讲完。你还记得我爸爸讲过的水晶石的故事吗？"

"能启动电视机的水晶石？"女孩冷笑了一下。

赫克托耳无视女孩的讽刺，继续说道："正是！在佛罗里达以南，加勒比海附近，巴哈马群岛周围的一个地方，发生过许许多多奇怪的事件。人们发现了一些偏离了航道的船只，那些船只完好无损，可是船上连一个人都没有！还有一些船沉到了海底，从此杳无音讯。这些事件全都发生在一个地方……就是百慕大群岛附近的三角区域！"

看到女孩依旧一副不相信的模样，赫克托耳大声说："我发誓，我说的这些都是真的！而且，我和我爸爸都认识一个经历过这类事件的人，他叫瑞·布朗，是个飞行员。他驾驶双翼飞机穿越这个区域时，他的飞机突然间失控，只听'砰'的一声，飞机就不听使唤了，所有的电路好像都被烧毁了。按常理来说，飞机应该会坠毁……然而，瑞·布朗是世界上最优秀的飞行员！我不知道他当时是怎么做的，他就像一只神鹰一样……不管怎么说，他成功飞过了这片被诅咒的区域。这时，奇迹发生了：发动机又恢复了运转！最后，他平安降落。瑞·布朗后来告诉我们：他在飞离那片区域之时发现了一些东西，在海面上若隐若现……一种巨大的东西！他确信那是一艘亚特兰蒂斯的海底军舰，而且军舰里有一块水晶石，它能够吸收周边一切带电设备的电流。"

女孩沉默了一会儿，皱着眉头，背过身去，又一次望着哈哈镜中的自己。

她佯装打哈欠，带着漠不关心的神情说："你的故事让人听了想睡觉，我真的差点儿睡着了……"

赫克托耳很生气，甚至有些伤心。他不在乎别人相不相信他的故事，但他在乎女孩的想法。

于是，他气愤地说："你的故事才是胡说八道呢！你对亚特兰蒂斯之谜的解释也好不到哪里去！"

女孩神态自若，没有立刻反驳他。

过了一会儿，她用和她的教授爸爸同样的语气，对男孩说："对于亚特兰蒂斯，人们有好多种假设，但假设必须以科学为基础！"

"你所说的科学就是纳粹以及他们的恐怖组织吗？"

突然间，一个声音打断了他们："看来你们俩很有话聊啊……"

来的是女魔头，这次她穿着制服，帽子上和肩上的骷髅头徽章闪闪发亮。她对自己的登场感到很满意，赫尔穆特和索尔依旧跟在她身后。索尔牵着一只有黑白斑点的巨大的狗，差不多跟马一样大。大狗的嘴唇向外翘起，露出锋利的牙齿。

"孩子们，我向你们介绍米诺陶洛斯。你们要是不乖的话，我就让你们和它玩耍。"

大狗发出一阵低沉的吼声。

"米诺陶，站起来！"女魔头大声喊道。

"确切地说，应该是让它和你们玩耍。"赫尔穆特插了一嘴，不怀好意地笑着。

"闭嘴，赫尔穆特，否则我就让你和它玩！"

大狗兴奋地嗷叫了一声。

"小屁孩们，我刚才听到了你们说的'理论'，你们还真以为自己很了不起，对吧？"女魔头继续说，"你们什么都不懂。亚特兰蒂斯绝不是你们认为的那样，我来给你们解释……"

赫克托耳和女孩对视了一下，他们没想到要在这个奇怪的"教室"听一位奇怪的"老师"上一堂亚特兰蒂斯研究课。但是他们别无选择，只得乖乖听着……

"亚特兰蒂斯是伟大的雅利安人的起源地，也就是我们的德意志人的起源地，雅利安种族是世界上最优越的种族。亚特兰蒂斯的大祭司是我的祖母：海伦·布拉瓦茨基，原名海伦娜·冯·韩恩。在她年轻的时候，她钻研魔法、神灵以及神秘学，并掌握了世界诞生的奥秘——所有的人类都起源于'根种族'。第一支根种族的发源地是'不朽神圣大地'，第二支根种族居住在极北地区的许珀耳玻瑞亚，第三支住在神秘的雷姆利亚大陆，第四支就住在亚特兰蒂斯。而第五支根种族，出现在一百万年以前，也就是最优越的种族，雅利安人！是的！孩子们，雅利安人是伟大的种族！"

赫克托耳和女孩又对视了一下，他们听不懂这些奇怪的长篇大论。但是，女魔头依旧情绪激昂，在两个助手崇拜的目光中继续高声演讲，大狗在她身边绕来绕去，仿佛一只被关在笼子里的猎豹。

"而我，大祭司海伦·布拉瓦茨基的孙女——科西玛·布拉瓦茨基，继承了大祭司的能力和知识，用来为大德意志国和我的领袖——伟大的阿道夫·希特勒服务。"

突然间，她又大喊了一声："伟大的德意志帝国万岁！伟大的雅利安人万岁！伟大的领袖阿道夫·希特勒万岁！我们伟大的亚特兰蒂斯祖先万岁！"

两个助手也随着女魔头一起喊，连大狗都在模仿他们站军姿。

女孩看了一眼赫克托耳，又把头转向满脸通红的女魔头。

"科西玛什么什么，您看上去有些疯狂，雅利安人的故事也有些荒唐。"

"闭嘴！没规矩的小不点儿！"科西玛·布拉瓦茨基疯狂地喊道，"你知道你在和谁讲话吗？！德意志人是亚特兰蒂斯人的后代！亚特兰蒂斯淹没在波罗的海之下，它的首都是一座位于丹麦和德国之间的孤岛，也就是'神圣之地'黑尔戈兰岛。"

女孩继续顶撞她："简直是无稽之谈！"

"无稽之谈？你说这是无稽之谈？！"女魔头愤怒了，"你至少应该知道，我们已经派了一支探险队去那里探寻，并发现了一些追溯到青铜时代的文字！我们的考古学家发现了一个两百万年前的古老文明，那里的文明比其他任何地区的文明都要先进……那就是亚特兰蒂斯文明！你爸爸和他的希腊朋友史匹利顿·马里那托斯竟然否定德意志人民是亚特兰蒂斯的后代，要毁坏我们的荣誉！他们想方设法使别人相信亚特兰蒂斯在克里特岛附近，但我们坚决不这么认为！我们会找到你爸爸说的所谓的遗迹，用炸药、手榴弹和火药桶摧毁遗迹，甚至用我们的双手都在所不辞！"

突然，科西玛·布拉瓦茨基停了下来，用怪异的目光看着女孩和男孩，露出嘲讽的微笑。

"我何必在这里浪费时间和你们讲这些？反正我抓到了你们，也就等于抓到了你们的爸爸。"

听到这话，赫克托耳和女孩的脸色苍白起来。

"什么意思……你在说什么？！"

"你们猜得没错，亲爱的孩子们，他们已经落入了我们的陷阱中。不得不说，你们的爸爸可真是疼爱你们呀！不过，我们也非常疼爱你们的爸爸。一个有通灵的才华，一个有潜水和考古的本事，而且，多亏了他俩，史匹利顿·马里那托斯也落入我们的圈套，加上他渊博的知识，我们就掌握了宝贵的资源。我们需要他们帮我找到那些所谓的在地中海的亚特兰蒂斯遗迹，并把它们摧毁。多美好的计划啊，是不是？"

接着，她又说道："因此，我们现在已经不需要你们两个小不点儿啦，可爱的孩子们！"

仿佛听明白女魔头的话，大狗发出低沉的咆哮声，伸出粗大的舌头舔了舔嘴唇，露出令人恐惧的牙齿。

"太可怕了……"女孩说，"你这个恶毒的人！"

面对女孩的咒骂，女魔头不动声色地说："谢谢，谢谢你的赞美。不过，我没有时间跟你们闲聊了！故事讲完了！哦不，我还想给你们讲最后一个故事……看看你们是否了解经典的希腊神话。忒修斯、阿里阿德涅、米诺陶洛斯，你们听说过吗？好了，快跑吧！我给你们点儿时间，让你们先跑。"

一听到这话，两个孩子撒腿就跑。

科西玛·布拉瓦茨基冷冷地对两个助手命令道："赫尔穆特，这里就交给你了，不准让两个孩子活着出去。我们要带着通灵师和教授去希腊。"

接着，她解开大狗的绳索，"去吧，米诺陶洛斯！去追上他们，把他们吃掉！"

女魔头又用近乎温柔的语气加了一句："多吃点儿，我的小米诺陶。"

女孩先听到了大狗在后面追赶的声音。

"它要追上我们了！"女孩尽量轻声对男孩说。

"我们要在被它发现之前从那个门出去。"赫克托耳指着离他们五十多米远的一扇门。

然而，他们话音刚落，米诺陶洛斯就发现了他们……

大狗伸着鼻子，汪汪地叫着，四处寻找猎物。

"它发现我们了，快跑！"女孩尖叫道。

百慕大三角

　　本书故事中的飞行员瑞·布朗险些坠机的地方，就是著名的"百慕大三角"——位于百慕大群岛和美国佛罗里达州南部之间的一个三角区域。20世纪60年代，一名记者将这块区域命名为"百慕大三角"。据传，这片海域本是一处避风区，但这里经常发生一些难以解释的沉船和坠机事件。

海伦·布拉瓦茨基

　　海伦·布拉瓦茨基（1831 年—1891 年），原名海伦娜·冯·韩恩，出生于俄罗斯，爱好神秘学，自年轻时就开始环游世界。她结识了一些萨满法师、喇嘛和印度的宗教导师。后来，她在纽约定居，因有占卜才能，深受美国上流人士的欢迎。她将西方占卜术与东方灵性哲学相结合，在纽约教授神秘学。1891 年，她在伦敦去世。

第五章

迷宫里的追捕大战

两个孩子撒腿狂奔，在迷宫里绕来绕去，试图摆脱米诺陶洛斯。然而，只凭两个孩子的力量怎么对付得了这么大的猎犬呢？还没跑多远，米诺陶洛斯就追到了他们身后。赫克托耳和女孩被前面、左边以及右边的三面镜子堵住了去路，卡住了……他们只能折返，然而这是不可能的，因为米诺陶洛斯从后面追了过来。

　　在阴暗的走廊拐角处，男孩和女孩看到米诺陶洛斯张开贪婪的大嘴。它停在那里，用通红的眼睛望着他们。接着，它像一只猫一样，拱了拱身子，发出低沉的吼声，慢慢靠近，准备纵身一跃捕捉猎物。一旦抓住，它绝不会放手。猎犬继续平静地向前走，似乎很享受捕捉猎物的过程。赫克托耳和女孩吓得一动也不敢动，甚至连往后退的力气也没有了。他们手里没有任何武器，只得等待这头猛兽的袭击。正如所料，猎犬使出全身的力量，扑向两个孩子。然而，他们并没有听到撕咬声和骨头断裂的声音，而是听到一阵稀里哗啦的破碎声。女孩惊叹道："它把哈哈镜里的倒影当成我们了！"

女孩拉了一把被吓呆的赫克托耳，喊道："快点儿，前面有一条路，这是我们唯一的机会了！"

说着，他们慌忙往门口奔去。

米诺陶洛斯被镜子撞得有些晕头转向，它抖了抖身子，抖去一身的玻璃碎片，继续向前寻找猎物。然而，它一次次地搞错，把哈哈镜里的影子当成猎物。就这样，它只得缓缓地踩在碎玻璃上前行，低沉的咆哮逐渐变成了痛苦的吼声，就像一个愤怒的梦游者在一个玻璃房间里漫无目的地游荡。

当它终于跟跟跄跄地快要追上时，孩子们已经跑到门口了。赫克托耳打开门跑出去，女孩紧跟在他身后。她差点儿没来得及关门，那只像怪物一样的猎犬追了上来，狂怒地向门口扑来，一头撞在刚刚被关好的门上。

"快来，到那里去！"赫克托耳一边说一边指着前方游乐场里的一列"幽灵火车"。当米诺陶洛斯从门口追出来的时候，他们刚好钻入了火车隧道。米诺陶洛斯也钻了进去，继续追赶，可是它的爪子受伤了，跑不了那么快。赫克托耳和女孩在黑暗中奔跑，尽量不弄出声响。

突然间，一个纸板做的巫婆出现在他们面前，女孩抑制住尖叫，继续往前跑。又过了一会儿，她感到有个东西碰了她一下，原来是蝙蝠飞到了她头上，但女孩依旧不声不响，只是挥舞着手把它们赶走。赫克托耳倒是吓得不轻，只能紧咬着嘴唇不让自己尖叫。

"你真勇敢！"他崇拜地看着女孩，悄声对她说。

"没什么，又不是木乃伊……"女孩回答。

然而，她刚刚说出这句话，一具棺材就自动打开了，从里面飞出一具尸体！这下，孩子们惊恐地尖叫起来。米诺陶洛斯沿着声音追赶过来，它像一头受伤的公牛，蹒跚前行，伤痛使它变得更加愤怒。

"过来！我们得从这里出去。"赫克托耳说。

孩子们沿着铁轨，奔向隧道的另一头。米诺陶洛斯逐渐逼近，他们几乎听到了猎犬在他们背后的喘息声。最后，他们终于跑出了隧道，到了摩天轮下。女孩往左边跑去，米诺陶洛斯追向赫克托耳。赫克托耳灵机一动，爬到摩天轮的一个观景舱里，他以为在里面会很安全。然而，米诺陶洛斯纵身一跃，用前爪钩住了观景舱，另一半身子悬在空中。它使劲儿把嘴向前伸，试图撕咬男孩的腿。男孩蜷缩着身子努力向后退。突然间，他感到摩天轮动了一下。紧接着，就听到发动机的声响和轮子吱呀吱呀的声音。摩天轮转动了！观景舱突然向天空升去。米诺陶洛斯的身体悬在空中，拼命向前爬，想撕咬男孩。观景舱越升越高，而且也越来越倾斜，再这样下去，米诺陶洛斯将会很容易爬进观景舱！这时，男孩做了一个连他自己都难以置信的决定。他坐的观景舱停在摩天轮的最高点，离地面有几十米，可以俯瞰城市的全景……他跳了下去！

他准确地抓住了下面的一根横向的钢筋，身子悬在半空中，不过他抓得很紧。然后，他又跳了一下，抓住下面的钢筋，就这样一级一级往下跳。男孩的胳膊渐渐没了力气，快要挺不住了，但他依然坚持着。最后，他终于爬到一个较低的观景舱里面。米诺陶洛斯从上面虎视眈眈地盯着他，但不敢跳。现在该怎么办呢？男孩虽然暂时安全了，可是距离地面还有十多米的高度。

突然间，摩天轮又开始转动了，在慢慢下降！他离地面越来越近，他看清楚了，原来是女孩在操纵摩天轮，它在慢慢降落，而米诺陶洛斯还留在高处的观景舱里，无法往下跳。

正当赫克托耳走出观景舱，准备与女孩会合的时候，一个声音响起了："孩子们，你们不会把我给忘了吧？"

是赫尔穆特！他们确实忘记了他的存在！

赫尔穆特掏出一支自动手枪，瞄准两个孩子，并担忧地看了一眼被困在摩天轮上的米诺陶洛斯。

"唉！这下主人可要不高兴了！"他低声说道。然而，话还没说完，他就突然倒下了。

"哈！确实！她可要不高兴了！"一个男子大笑着，露出洁白的牙齿。

男子站在赫尔穆特身后，手里拿着枪。他穿着一件皮夹克，用另一只手捋着自己的一撮胡须，得意扬扬的，看起来像一名刚出道的好莱坞演员。

"瑞·布朗!"男孩兴奋地喊道。

"你爸爸给我发了条信息,"这位救星说,"他让我马上赶到这里,但没说为什么。你爸爸到底去了哪里?"

"爸爸和那帮纳粹分子去了希腊……"赫克托耳回答道,"我们可以去希腊找他吗?"

"当然可以了!"瑞·布朗又捋着自己的小胡子爽快地说,"当然可以!"

奥洛夫·鲁德贝克

　　奥洛夫·鲁德贝克（1630年—1720年）是瑞典著名的学者，也是现代追寻亚特兰蒂斯的第一人。他写了一本书，名叫《寻找亚特兰蒂斯》。在书中他指出，亚特兰蒂斯实际上位于他的祖国瑞典！他声称，所有斯堪的纳维亚人的祖先都是亚特兰蒂斯的国王——巨人阿特拉斯，其他种族都源于斯堪的纳维亚人。事实上，当时的瑞典极力想成为世界强国，因此鲁德贝克迎合了政府的想法，试图向人们说明瑞典是世界的中心，是所有文明的起源地。这和几个世纪以后纳粹党的做法是一样的，他们也极力证明德意志人是亚特兰蒂斯人的后代，想说明其种族的优越性。

第六章

在克里特海，1941年5月20日

双翼小飞机沿克里特岛海岸线已经飞行了几个小时。这架小飞机就像一只轻巧的小燕子，飞翔在地中海上方蔚蓝而广阔的天空中。

瑞·布朗、赫克托耳和女孩一直没有发现教授、埃德加·凯西和那几个纳粹劫匪的身影。女孩失望地说：

"我们再也找不到他们了……我们甚至连去哪里找都不知道！"

瑞·布朗脸上依旧带着灿烂的微笑："别担心，小姑娘，"他又开始摸着自己那撮好莱坞明星一般的胡子，安慰她说，"依我多年追逐黄金的经验来看，你要相信，运气和奇迹总会在人们不抱有希望的时候降临。我们会找到他们的，相信我！"

接着，他仿佛又对自己说："但是，把他们救出来，大概就是另一回事了！"

说这句话时，他满面笑容的脸沉了下来。突然，天边响起了一阵雷鸣，伴随着一道闪电。

"咦，有暴风雨？在这个季节？可天气预报说今天是晴天呀？！我的晴雨表上什么也看不出来……"

这时，天空被远方的闪电照亮了，周围传来一阵阵令人害怕的轰隆隆的雷声。

"瑞叔叔，"赫克托耳问，"你确定会有暴风雨吗？"

"孩子们，别担心，我曾经开着这架双翼小飞机穿过百慕大群岛最危险的台风地带。"说着，他拉了拉夹克衫的拉链。"地中海的阵雨可吓不倒我！"他一边喊一边把飞机开往雨区。

"可是，瑞叔叔，这不是暴风雨！"

就在这时，一团、两团、三团、四团烟雾从双翼飞机的下方、左侧和右侧升起，就像几团灰色的颜料被泼向澄澈的天空。几秒钟之后，出现了一阵巨响：嘣！嘣！嘣！三声响亮的爆炸声，是炮弹！双翼小飞机成了防空炮的袭击目标！一团团巨大的烟雾在周围升起，就像绽放的烟花。在几百米之外的海上，他们看到一支巨型舰队，原来德国军队正在轰炸克里特岛！德军的斯图卡式轰炸机和其他轰炸机正满载着炸弹，飞向克里特海岸。驱逐舰和航空母舰正在海上与抵抗者作战，空中的跳伞员随时准备降落，以占领克里特岛。小小的双翼飞机陷入了战争的大旋涡！不过，瑞·布朗是个优秀的飞行员，他努力躲避从各个方向飞来的炮弹。飞机开始摇晃起来，咯吱作响，仿佛每一个螺丝钉都要招架不住了，再这样下去就要散架了。然而，飞行员像灵巧的障碍滑雪运动员一样，成功地躲避了每一次炮弹的袭击。

"孩子们，抓紧点儿！一会儿会摇晃得更厉害……"

说着，他驾着小飞机向海平面俯冲过去，差点儿就撞上一艘德国航母。航母上的机枪手们把飞机当成了敌军，接连不断地开火射击。可怜的双翼小飞机上留下了不少子弹孔，不过，最终还是得以脱身。

"还好，子弹没有打到油箱，真是万幸！孩子们，你们怎么样？没有受伤吧？"

幸运的是，没有人受伤。瑞·布朗驾驶着飞机在超低空飞行，以躲避袭击。由于飞机太小，不足以构成威胁，德国人渐渐地对这个目标失去了兴趣。双翼小飞机继续贴着碧波荡漾的海面飞行，有时，几只海豚腾空跃起，仿佛在为他们保驾护航，也许它们也是为了躲避战争。

飞行了半个小时以后，瑞·布朗转身对孩子们说："孩子们，我们得尽快降落，飞机快没油了，前方正好有一个小岛。"他指着前面的一片沙滩，离他们只有几千米远，看上去像一座珊瑚岛。

"地图上显示，这是基克拉泽群岛。根据《奥德赛》作者、古希腊大诗人荷马的讲述，忒修斯在杀死牛头怪米诺陶洛斯之后，就是在这座岛上抛弃了阿里阿德涅。"

这时，赫克托耳和女孩对视了一下，女孩打趣地对男孩说："喂，你不会要把我抛弃在这座小岛上吧？！"

"我永远都不会抛弃你的！"赫克托耳大声说道，神情极其严肃。

"哎哟！你终于表白了！"瑞·布朗被他俩逗乐了，男孩和女孩脸一下子都红了。

突然，飞行员喊道："看！那里有个东西……"

他们放眼望去：小岛上停着一只船，船上还有一个熟悉的身影，高壮、结实、令人害怕……

"是索尔……"女孩低声说道。

"还有我爸爸！"赫克托耳叫了起来。

"还有一个人我不认识，但他应该就是史匹利顿·马里那托斯。我爸爸呢？还有女魔头呢？"女孩有些失望地说。

瑞·布朗安慰她说："不要担心，我们会找到你爸爸的……而且，我想我知道他们在哪里。"

他把夹克衫的衣领竖起来，眼神坚定地又说了一句："但是，我们首先应该对付索尔。"

当索尔看到这架其貌不扬的小飞机时，他并不知道里面有谁，但他猜想肯定不是朋友。于是，他把埃德加·凯西和史匹利顿·马里那托斯绑起来，留在船上，自己带着上了膛的毛瑟自动手枪，走下船，走向飞机即将降落的跑道。双翼小飞机的轮子接触到地面时，卷起一阵尘土。索尔什么也看不清楚，飞机仿佛被这股巨大的沙尘暴吞没。

然而，索尔并没有移动半步。他仍站在跑道的一端等候着，将手枪瞄准发动机声音的方向。飞机头从沙尘中渐渐露出来，接着是轮子，最后是整个机身。螺旋桨转得越来越慢，最后飞机停了下来。索尔依然静静地等着他们，他身上落满了一层厚厚的尘土，这使他看上去像博物馆里的大理石巨人雕像。

索尔把自动手枪对准飞机舱门，飞机舱门慢慢打开。一架小舷梯伸向地面。

过了一会儿，两个身影从舷梯上慢慢走下来。索尔仔细瞧着他们。他认出了女孩，但是不认识飞行员。突然间，他意识到男孩不在这里。男孩去哪里了？

这时，他感到有一个坚硬如铁的东西碰到了他的肋骨，只听一个稚嫩的嗓音在他耳边说："你刚才是不是在想我去哪儿了？"

赫克托耳用一支鱼叉箭将大力士牢牢控制住。

原来，在飞机降落之前，瑞·布朗对男孩说："这是我的飞机上仅存的武器了，也是我最喜欢的武器之一。待会儿我们降落的时候，你先悄悄地下飞机。外面沙尘很大，大力士不会发现你的。趁他盯着我们的时候，你带着这个武器悄悄地从背后把他制伏。"

这个计划进行得非常顺利！索尔还没意识到发生了什么，瑞·布朗就一把夺走了他的枪，把他绑起来押到船上，并把埃德加·凯西和另一个男人救了出来。

"您就是史匹利顿·马里那托斯吧？"女孩一边帮他解开绳索一边问道。

"是的，孩子。"这位考古学家带着浓重的希腊口音回答。"我猜，你就是教授的女儿吧？他是个优秀的教授，我跟着他陷入了这个圈套，落入了这帮可恶的人手里。可是我不怪他，因为他这么做是出于对女儿的爱！"

接着，他又兴奋地说："多亏了你爸爸，我们很可能已经找到亚特兰蒂斯了！"

"我爸爸在哪里？"女孩愤怒地问被绑起来的大力士，"你那可恶的女主人，科西玛·布拉瓦茨基在哪里？"

索尔一句话也不说。

"他不会告诉你的。"瑞·布朗又摸着胡子说，"我们也不需要他！"

飞行员的脸上带着胜利的笑容，在地中海的灿烂阳光下，他的牙齿显得更加洁白，他又补充道："他们在海底，我要去寻找他们！丫头，你和我一起去吗？我想你爸爸一定教过你潜水吧……哇哦！又可以潜水了！我真的……好开心！"

库斯托军官

　　库斯托是法国著名的海洋学家，为深海潜水技术的发展做出了重要贡献（图片上是他发明的"水下飞碟"，能够深入到海平面以下 350 米），他也是亚特兰蒂斯的狂热追寻者。像书中的人物那样，他曾深入克里特海底，在圣托里尼火山爆发地附近，寻找失落的古文明。他还执导了一部纪录片《寻找亚特兰蒂斯》，该片于 1978 年上映。

© Archivio Arici/Leemage

第七章

海底大作战

两个身影缓缓潜入大海，在他们上方，阳光照耀着海面，使得海底世界也透着一丝光亮。瑞·布朗和女孩不时地与五颜六色的鱼群擦肩而过，鱼儿在水中优雅地游着，就像芭蕾舞台上脚步一致的小演员。一条海鳝缓缓地游着，冷冷地盯着两位潜水员，并用自己的尾巴扫了扫如海豚皮肤般光滑的潜水服。海底有各种各样的碎屑残渣、水生植物、海葵以及贝类。

　　突然，前方没有路了，他们面前是一条巨大的、深不见底的海沟。瑞·布朗和女孩隔着潜水面罩对视了几秒，接着，女孩首先潜入深渊，瑞·布朗毫不犹豫地跟在后面。他们沿着峭壁深入海底，就像跳伞员一样慢慢地往海底降落。

　　光线渐渐暗了下来，瑞·布朗打开了一盏灯，他们勉强能看到周围的环境：依然是一些鱼群，只是看不清楚颜色了，周围一片昏暗。他们有些担心。还有一些半透明的水母在随波逐流，仿佛溺水者幽灵般的长裙。一只小鲨鱼用鼻子闻了闻他们，露出一排令人战栗的牙齿，然后又游走了。终于，他们到达了海沟的底部，脚可以着地了。他们自以为到了大海的最深处……

然而，在这个没有任何参照物的海底世界，他们怎么能确定哪里是高处，哪里又是低处？突然，女孩撞到一个像石头一样坚硬的东西。

瑞·布朗拿着灯靠近，一张巨大而苍白的、幽灵般的脸上，一双空洞的眼睛无神地盯着他们，女孩吓得后退了几步。原来这是一尊雕像，一尊耸立在海底的巨大雕像，是海神波塞冬的雕像。

明晃晃的灯光为海神增添了一丝光晕。海神手中握着鱼叉，目光神秘，仿佛在对两位不速之客说，"你们闯入了我的国度，可是要承担风险的！"

然而，瑞·布朗和女孩并没有被这尊海底神像所阻挡，而是继续前行。他们发现了一座被淹没的古代城邦。他们经过一座由希腊柱支撑的神殿，周围是一片废墟，地上铺满了陶器碎片，这座古代城邦看起来阴森凄凉，但却雄伟壮观。柱子上的浮雕被大量的海藻覆盖，各种各样的海洋生物在雕像周围来回穿梭，还有一些倒塌的房屋，这让人们联想到，或许会有人鱼从里面游出来。但这里显然已是一片空荡荡的废墟……

突然间，女孩看到了一个穿着潜水服的身影！她兴奋而不安地把那个在废墟之间移动的身影指给瑞·布朗看。

瑞·布朗准备好鱼叉箭，带着女孩快速向那里游去，在一根巨型柱子面前，一个男人被捆绑着，是教授！在他旁边，一个女人好像在废墟中寻找着什么，是科西玛·布拉瓦茨基！

瑞·布朗用手势示意女孩："你快去给你爸爸松绑，我来对付这个女人。"

女孩抑制住激动的心情，因为她知道一名优秀的潜水员应当永远保持冷静。她向父亲游过去，准备解开绳索。教授被绑在柱子上，像一只待宰的羊羔。瑞·布朗悄悄地靠近女魔头。在离她几米的地方，他终于看清楚女魔头到底在忙什么了。在她脚下有个黑色的小盒子，上面有个按钮；稍远一点儿，在教授被绑的柱子旁边，有个炸药包，在更远处，还有一个……原来，到处都有……炸药包全部由一条条导火线连在一起——科西玛·布拉瓦茨基想把这个地方炸掉！她想"嘣"地一下把这里夷为平地，让这个宝贵的海底世界从此永远消失！这样一来，就不会再有人质疑她的亚特兰蒂斯起源之说了。但是，瑞·布朗会不惜一切代价阻止她，绝对不会让她的可恶计划得逞的。

然而，正当他快要接近女魔头，准备将她制服的时候，女魔头感觉到了，她突然回过身来，手里举着一把匕首。瑞·布朗立即向她射了一箭，女魔头试图躲避，箭还是穿破了她的潜水服，刺伤了她的腿，最后，她倒在身后的两块石头中间。由于是在海底，谁也听不到她的喊叫……她试图把箭拔出来，但是失败了，她被卡在石块中间动弹不得。她明白她没办法逃走了，于是，她决定用另一只手引爆炸药，和其他人同归于尽。但是，瑞·布朗看穿了她的诡计，猛地扑向她，紧紧抓住她的手以阻止这场海底灾难。

女魔头拼命抵抗，她的力气可真够大的！

这时，女孩已经救下教授。瑞·布朗用手势示意他们，让他们快走，离开这里。女孩看着正在和女魔头搏斗的飞行员，迟疑不决。可是，教授有些缺氧，身子很虚弱，不能在此停留了。无奈，女孩小心翼翼地带着父亲慢慢往上游，像一个专业的潜水员一样谨慎，提防着周围的危险情况。正当他们快要到达水面的时候，突然听到一连串巨响。炸药全都爆炸了……

一股股巨浪袭来，父女俩好像被卷入了一台洗衣机里！慢慢地，大海又恢复了平静，海水又变回了蓝色。由于极度缺氧，女孩虚弱地漂浮在海面上，几乎失去了意识。接着，她的身体慢慢下沉，仿佛受到海底的召唤。这时，一只手紧紧地抓住了她……又把她带回海面。赫克托耳和他的通灵师爸爸，连同史匹利顿·马里那托斯一同将她扶上了船。

"我爸爸呢？"她气息微弱地问。

"你爸爸已经上来了。"一个熟悉的声音传来。

"瑞叔叔，你没事我太高兴了。"她露出了微笑，又对他说，"瑞叔叔，你不怪我刚才把你一个人留在海底吧？"

他笑了起来，又一次露出洁白的牙齿。

"我当然不怪你了！我很幸运，炸弹没有炸到我，反而一下子把我推到了海面上！"

"女魔头呢？"女孩又问道。

"恐怕她将永远留在海底喽。"

第八章

海　啸

他们终于乘着小船到达陆地。确切地说，他们又回到了双翼小飞机所在的沙滩上。

然而，突然间，那个俘虏——大力士索尔，趁旁人没注意，一下子抓住了女孩，并威胁瑞·布朗："把你的箭给我，否则我就掐死她。"

瑞抓紧了手中的鱼叉箭，叹了口气说："早知道就不该让这帮文弱书生看管这样一个大力士……"

索尔紧紧抓着女孩，用胳膊勒紧了她的脖子。他站在海边，背对着大海，与三个男人和一个男孩对视着。突然间，海水开始退潮。他回头一看，海水正迅速地往后退去，眼前的这片海仿佛变成了一个被抽空了水的巨大游泳池。

"咦？真奇怪……在地中海还有这么大的潮水？"

瑞·布朗低声自言自语。

"不，这不是退潮！"教授指着远方的海面大声喊道。

一开始，谁也没看到任何异常。但是教授带着惊恐的神情，一个劲儿地重复："不！这不是退潮！"

这时，大家才看清楚：远处一道高达几米的巨大"水墙"，正急速向小岛袭来。

"刚才的海底爆炸引发了巨大的海浪，很可能会接着引发巨大的海啸。现在海水往后退，但是它还会再回来，而且力量更大！我估计，再有几分钟，巨浪就会来临，到时候，整座岛都会被淹没在海底！"教授说。

"索尔，你听到了吗？"瑞·布朗大喊，"我是这里唯一会驾驶飞机的人，你还不快把她放了，投降吧！"

"不，你不是这里唯一会开飞机的人，我也会……"大力士的话被一声沉闷的金属撞击声打断了。

大力士摇晃了一下，接着，勒着女孩的胳膊松开了，他倒了下去，他的身后站着赫克托耳。原来，是男孩用一个潜水氧气瓶，把大力士打晕了。

"快点儿！我们快离开这里！"瑞·布朗大喊，"我们不能再浪费时间了！”

于是，三个大人，连同男孩和女孩一起跑向双翼飞机。他们刚刚钻进驾驶舱，巨大的"水墙"就向海滩急速袭来。螺旋桨慢慢转起来，飞机开始晃动，准备起飞。海浪如猛兽般扑向小岛，吞没了正要站起来的大力士，又向双翼飞机袭来。瑞·布朗加快速度，轮子离开了地面，但飞机依然被巨大的水墙包围着，在海浪里滑行！最后，飞机终于起飞了，离开了即将被巨浪吞没的小岛。当飞机升到高空时，海水已经覆盖了整个沙滩。接着，海水又退了下去，仿佛一头没有捕捉到猎物的凶猛野兽，失望地退回自己的巢里。

"我们胜利了！"教授和通灵师埃德加·凯西一起欢呼起来，他们为自己还活着，也为找回了孩子而高兴。

瑞·布朗眼神坚定地望着前方的天空，打断了他们的兴奋："别高兴得太早，我们得加速离开。这里马上就会有战争，整个欧洲也将迎来战争。纳粹将入侵克里特岛，就算这里还保留着古代的遗迹，我想我们可能也永远找不到了……"

第二次世界大战

　　1942 年，德国在北非和苏联遭遇了失败。和德军联手的日军在成功偷袭珍珠港之后，在中途岛战役中败给了美国。1943 年，德军在斯大林格勒遭遇了最沉重的溃败，伤亡惨重。自此以后，德国再也无法对抗反法西斯同盟，最终，在 1945 年 5 月投降。

圣托里尼岛

圣托里尼岛原名为锡拉岛，本书故事中所提到的火山爆发之地就在这里。这座岛曾经差点儿被人类历史上最严重的一次火山爆发所毁灭。如今，岛上的火山已成为平静的死火山。现在人们仍然可以看到由爱琴海的海水形成的火山湖。

几天以后，在远离战争的埃及，也就是传说中亚特兰蒂斯的诞生地，教授和女儿，通灵师和儿子，以及瑞·布朗和史匹利顿·马里那托斯一同坐在一家咖啡馆的露台上，悠闲地聊着天。

女孩喝着一杯柠檬水。过了一会儿，她放下吸管，若有所思地望着蓝色的海水。

突然，她转向父亲，问道："爸爸，我们找到亚特兰蒂斯了吗？"

教授眼里闪过一丝狡黠的微笑。

"我的宝贝，我也不知道……史匹利顿，你觉得呢？"教授问这位希腊朋友。

"姑娘，看你这么喜欢听故事，那我再给你讲一个。"

考古学家带着学究式的口吻开始了他的故事。

"公元前一千六百多年前，在柏拉图讲述亚特兰蒂斯之前的一千多年，地中海地区曾经经历过人类历史上最恐怖的火山爆发。锡拉岛，在希腊语中意为'最美的岛'，这座岛就在我们上次去过的小岛旁边。锡拉岛上曾经郁郁葱葱，被大片的森林所覆盖，这里人口众多，物产丰富。但是，有一天突然发生了一场地震，紧接着火山爆发了，喷射出大量的浓烟。岛上的生物接二连三地死去，河流也被血红色的岩浆覆盖了。

"岛上的居民纷纷乘船逃离。突然间，人们听到了一阵轰隆隆的巨响，声音一直扩散到克里特地区和埃及王国。只见从火山口又喷射出无数的石头，波及周围几十千米，海水漫了上来，整座岛几乎都陷入了大海，只留下一些被浓烟熏黑的峭壁，以及几座布满岩浆的、断裂的狭长半岛。

"一团团滚烫的烟尘弥漫在海面上，烧毁了所有的船只，接着下起了酸雨。整个天空、海面和大地都变得滚烫无比。随即，火山巨大的冲击力又引发了几次大规模的海啸，巨大的海浪涌向海岸，形成一道高达几十米的水墙，扑向小岛，过了一会儿，在一些小海湾和港口，海水暂时平静下来。然而，没多久，海浪开始往后退了几百米，把一些破旧的坛坛罐罐、沉船的残骸以及一些海洋生物留在了岸上。有些居民想趁机捡一些有用的东西，谁知他们竟被随之到来的另一波海浪卷入大海，因此而丧生……巨浪又一次涌向岸边，卷走了一切。灿烂的城邦文明从此被淹没，宏伟的宫殿不复存在，船上的人们被冲走，成千上万的居民失去了生命。

"这次火山爆发也波及了附近的克里特岛，一层厚厚的火山灰覆盖了克里特岛，倾盆大雨又把这些灰烬变成洪水般可怕的泥浆，在岛上泛滥成灾。整整几个星期，天空几乎都是黑色的，把一切植被笼罩在黑暗之中。由于没有阳光，克里特岛一整年仿佛都是冬季，那里再也没有温和的气候、肥沃的土地，因为土壤已经被巨浪的盐分侵蚀，不再适宜耕种。"

说完，史匹利顿·马里那托斯神情悲伤地又补充了一句，仿佛这场灾难昨天刚刚发生，或者马上就要发生一样。

"我故乡的古老文明就这样消失了，强大的国力不复存在，生灵涂炭，幸存的居民饱受饥饿之苦，它留下的光辉遗产也被后世遗忘。你们找到的遗迹就是那次史无前例的灾难所留下来的，我确定……而且我会证明这一点的！"史匹利顿·马里那托斯总结道。

教授认真听完这个故事以后，询问女儿："我的宝贝，你相信那儿就是亚特兰蒂斯的起源吗？"

女孩喃喃地说，声音低得几乎只有她自己能听到："我也不知道……或许亚特兰蒂斯只是一个梦吧。"

这时，男孩加入了讨论："或者说，我们可能还没有找到亚特兰蒂斯！"

女孩对男孩笑了："赫克托耳，这是有可能的，有可能的……"

男孩突然红了脸，对女孩说："不管怎么样，我很高兴遇到了你……"

接着，他又说："你还从来没有告诉我你的名字呢！"

女孩再次若有所思地望着大海，然后，转过身来朝着男孩，微笑着说：

"让娜，我的名字叫让娜。"

Le Mystère de l'Atlantide © Bayard Editions, France, 2015

Author：Samir Senoussi

Illustrator：Julien Monier

Simplified Chinese edition arranged through Dakai Agency

Simplified Chinese Translation Copyright © 2024 by Beijing Red Dot

Wisdom Culture Developing Limited Co., Ltd

著作权登记号　图字：01-2024-1191

本书地图系原书插附地图，审图号为 GS（2024）0899 号。

图书在版编目（CIP）数据

消失的亚特兰蒂斯 /（法）萨米尔·瑟努斯著；（法）朱利安·曼宁绘；夏冰洁译 . — 北京：北京科学技术出版社，2024.5

（历史之谜少年科学推理小说）

ISBN 978-7-5714-3504-2

Ⅰ . ①消…　Ⅱ . ①萨…　②朱…　③夏…　Ⅲ . ①儿童小说 - 中篇小说 - 法国 - 现代　Ⅳ . ① I565.84

中国国家版本馆 CIP 数据核字（2024）第 009432 号

特约策划：红点智慧	**电　话**：0086-10-66135495（总编室）
策划编辑：黄　莺	0086-10-66113227（发行部）
责任编辑：郑宇芳	**网　址**：www.bkydw.cn
营销编辑：赵倩倩	**印　刷**：保定市中画美凯印刷有限公司
责任印制：吕　越	**开　本**：889 mm×1194 mm　1/32
出 版 人：曾庆宇	**字　数**：55 千字
出版发行：北京科学技术出版社	**印　张**：3.125
社　址：北京西直门南大街 16 号	**版　次**：2024 年 5 月第 1 版
邮政编码：100035	**印　次**：2024 年 5 月第 1 次印刷

ISBN 978-7-5714-3504-2

定　价：25.00 元